Título original: *Prinzessin Isabella*

Traducción: Susana Andrés

1.ª edición: enero 2012

© Verlag Friedrich Oetinger, Hamburg, 1997
© Ediciones B, S. A., 2012
Consell de Cent, 425-427 - 08009 Barcelona (España)
www.edicionesb.com

Printed in Spain

ISBN: 978-84-666-5068-7

Depósito legal: B. 39060-2011

Impreso por EGEDSA

CORNELIA FUNKE • Ilustraciones de KERSTIN MEYER

La Princesa Isabella

Traducción de Susana Andrés

EDICIONES B
GRUPO ZETA

Barcelona • Bogotá • Buenos Aires • Caracas • Madrid • México D.F. • Miami • Montevideo • Santiago de Chile

Drusilla, Rosalinda e Isabella eran unas auténticas princesas. Tenían treinta armarios roperos rebosantes de preciosos vestidos, y sirvientes que les limpiaban la nariz y doncellas que les limpiaban la habitación, colgaban la ropa y pulían las coronas hasta que resplandecían.

Cada mañana, tres profesores les enseñaban a comportarse como reinas, por ejemplo: a sentarse en el trono sin balancear las piernas, hacer reverencias sin caerse, bostezar sin abrir la boca y sonreír durante una hora sin parar.

Seis sirvientes recogían las migas que caían de sus platos y seis doncellas cuidaban de que no se hicieran ningún morado al jugar.

Naturalmente, no eran las princesas quienes daban de comer a los ponis y los monos amaestrados, ¡ni hablar!, de ello se encargaban tres mozos de cuadra.

Por último, incluso tenían sirvientes que llevaban tres cojines dondequiera que fueran para que sentasen sus reales posaderas siempre en lugar mullido.

¿Alguien puede imaginarse una vida más hermosa?

—¡Ah, nuestras hijas deben de ser completamente felices! —exclamaba satisfecha su madre, la reina.

Pero Isabella, la más joven de las princesas, no era feliz. No, ni siquiera una pizca. Todas las noches se sentaba junto a la ventana, contemplaba la luna y suspiraba.

Hasta que un día se levantó de un brinco de la cama y con un grito tan fuerte que despertó a todo el castillo, anunció:

—¡Estoy harta de ser princesa! ¡Es aburrido, aburrido y aburrido!

Las hermanas mayores, sobresaltadas, levantaron la cabeza de las almohadas de plumón.

—¡Pero si ser princesa es maravilloso! —replicó Rosalinda—. No tenemos que trabajar ni que limpiar. ¡Ni siquiera tenemos que vestirnos solas! ¿Qué más quieres?

—¡Quiero ensuciarme! —vociferó Isabella, saltando de un lado a otro sobre la cama, que empezó a crujir—. Quiero limpiarme yo sola la nariz. No quiero sonreír todo el rato. Quiero decidir cómo me visto. Quiero untarme yo misma las tostadas. ¡Ya no quiero ser princesa!

Y tiró por la ventaba su corona, que fue a parar al estanque con los peces. ¡Chof!

—¡La que se va a armar! —sentenció Drusilla, agitando su campanilla de oro.

La puerta de la habitación se abrió y entraron desfilando seis sirvientes con palanganas doradas, peines y cepillos, tenacillas para rizar el cabello, limas de uñas y unos vestidos preciosos.

—¡Desean Sus Altezas que las vistamos para el desayuno real? —susurró el mayordomo.

Rosalinda y Drusilla tomaron asiento de inmediato frente a los espejos para que los sirvientes les limpiaran las orejas y las peinaran. Isabella, sin embargo, se escurrió a toda velocidad bajo la cama con dosel.

—¡Su Alteza! —exclamó sorprendido el mayordomo—. Os ruego que salgáis de ahí.

—¡No quiero que me laven! —protestó Isabella—. Ni que me peinen ni que me ricen el pelo. ¡Puaj, lo odio! Si he de lavarme, lo haré yo misma. Abajo, en el estanque.

—¡Vos misma! —Los sirvientes estaban escandalizados—. ¡Y en el estanque! ¡Por todos los cielos!

El mayordomo corrió a buscar al rey.

Isabella! —chilló el rey, tan fuerte que se le ladeó la peluca—. ¡Sal inmediatamente de debajo de la cama!

—¡No! —replicó Isabella—. Ya no quiero ser princesa. Prefiero morirme de hambre aquí debajo.

—¡Sacadla de ahí! —ordenó el rey.

Isabella se puso a pellizcar, arañar y dar patadas, pero de nada le sirvió. Los sirvientes tiraron de ella por las piernas y la metieron en su vestido de princesa.

Dónde está tu corona? —preguntó el rey con tono severo.

—La ha tirado al estanque de los peces —intervino Rosalinda.

—Pues sí —dijo Isabella—. Me da dolor de cabeza. Y con este estúpido vestido ni siquiera puedo trepar a los árboles. ¡Quiero unos pantalones!

—¡Las princesas no trepan a los árboles! —tronó el rey.

—¡Claro! —protestó Isabella—. Las princesas no hacen nada divertido. Ni siquiera se meten el dedo en la nariz. Las princesas dan vueltas por ahí sin hacer nada y son muy monas. ¡Puaj, qué asco! ¡Ya no quiero ser princesa!

—Ve a sacar inmediatamente la corona del estanque —vociferó el rey.

—¡No quiero! —gritó Isabella a su vez—. Porque no me la voy a poner jamás de los jamases.

El rey dio una patada al suelo y dijo dirigiéndose a los sirvientes:

—¡Llevadla a la cocina! Que friegue, lave las cacerolas, limpie los fogones y pele cebollas hasta que saque la corona del estanque.

Así que los sirvientes se llevaron a Isabella a la cocina.

Allí se puso a mondar patatas, sacar brillo a las cazuelas, desplumar pollos y batir la nata que tan a gusto se comían sus hermanas para desayunar.

Tres días más tarde, su padre la mandó llamar.

Isabella! —se lamentó el rey con un suspiro—. Apestas a cebolla.

—No importa —respondió Isabella—. ¿Sabías que la nata sale de la leche?

—No, no lo sabía —contestó el rey, sorprendido—. ¿Y bien? ¿Vas a sacar la corona del estanque?

—No —contestó Isabella—. ¿Para qué?

—¡Isabella! —exclamó el rey, tan enfadado que se arrancó a la vez la corona y la peluca de la cabeza—. ¡Llevadla a la pocilga!

Los sirvientes llevaron a Isabella a la pocilga.

Allí ayudaba a dar de comer a los cerdos. Y también limpiaba el estiércol. Los cerdos le daban golpecitos con sus hocicos rosados e Isabella los rascaba suavemente.

Tres días más tarde, su padre la mandó llamar de nuevo.

sabella! —gimió—. ¡Qué aspecto tienes!

—¡Y qué mal huele! —se quejaron las hermanas.

—¿Sabíais que los cerdos comen patatas? —preguntó Isabella al tiempo que se quitaba una brizna de paja del pelo—. ¿Y que son muy inteligentes? Es una pena que los matemos.

—¡Isabella! —exclamó el rey—. ¿Vas sacar de una vez la corona del estanque, ponerte un vestido bonito y peinarte?

—¡No, no y no! —respondió Isabella—. En cambio, sí me gustaría ayudar un poco más en la pocilga.

—¡Puaj! —soltaron las hermanas, tapándose la nariz con los dedos—. Pues lo que es nosotras, ni locas vamos a dormir en la misma habitación que tú.

—De todos modos, prefiero dormir sobre la paja —replicó Isabella. Cogió su muñeca favorita, su manta y se marchó tranquilamente al corral.

Cuando anocheció y la luna estaba sobre el palacio, el rey se encaminó al estanque de los peces y sacó la corona de la más pequeña de sus hijas. Luego fue a ver a ésta a la pocilga.

—Hijita mía —dijo, sentándose a su lado sobre la paja—. Vas sucia y tu pelo parece forraje para caballos, pero pareces contenta.

—Sí, papá —respondió Isabella—. ¡Nunca había sido tan feliz!

—¡Bien! —El rey suspiró—. Aquí tienes tu corona. Haz con ella lo que se te antoje, pero te pido que vuelvas a palacio. Te echo de menos.

—De acuerdo. Al fin y al cabo no me importa ponerme de vez en cuando este chisme —reconoció Isabella—. Cuando doy de comer a las gallinas, por ejemplo, o cuando salgo a recoger moras. ¿Sabías que con las moras se puede preparar mermelada?

No, no lo sabía —respondió el rey—. Pero un día de estos me enseñas como se hace. —Dio a su hija un fuerte beso en las mejillas sucias y ella le besó la narizota. Después, los dos de la mano se dirigieron al palacio.

Isabella dormía con frecuencia en el corral. Regaló sus vestidos a la hija de la cocinera y nunca, nunca más dejó que le rizaran el pelo...